第二ボタン
いただけますか

福岡富子
FUKUOKA TOMIKO

幻冬舎 MC

第二ボタンいただけますか

現在15時45分、待ち合わせの時刻はとうに過ぎている。スマートフォンに連絡の報せは入っていない。史は二杯目のコーヒーを注文した。

〈どうしたのかしら、遅れることなんて一度もなかったのに〉小雨が降る街に目をやりながら、漠然とした不安が湧き上がってくるのを、史は抑えられないでいた。

雨には消し去ることのできないほろ苦い思い出がある。その気持ちにさせる出来事は、その後の史の恋愛観に少なからず影響を与えた。27歳の史。過去の記憶など忘れ去ればいいものを、しかし昨日のことのように思い出してしまう。

瞼を閉じると、遠い日の光景が浮かんできた。中学校の学舎だ。青春を確かに刻み続けたその特別な場所は、春には桜、初夏には新緑、秋には紅葉の美しさが際立ち、史が住む町からゆるやかな坂道を登り切ったところにある。史は三年生になっていた。新任の教師が二名紹介され、新学期が始まった。季節が移ろい初夏の爽やかな風が吹きわたる放課後、新しく赴任した数学教師に呼び止められた。教師の名は谷口涼介。「君はバレーボール部なんだね。バスケット部に変わる気はないか？」突然のことでとまどう史。「バスケも好きですけど……顧問の小出先生がなんておっしゃるか」史は学業にもスポーツにも秀でており、ルックスも申し分ない。涼介は、史の返事を聞きながら、〈なんだろう、この気持ちは〉と少々とまどっていた。

「バスケの顧問になったんだけどね。スポーツ万能の君の評判を聞いて、是非来てもらいたいんだ。両方できるといいんだがなあ、それは無理だよなあ」

「両方は絶対無理です。私だけで決めることは難しいですけど」

「小出先生に相談してみるよ」

「そうなさってください」

史は、〈強引な先生だな、バスケ部を強くしたい気持ちはわかるような気がするけど、ちょっとなあ〉と感じながら、バレーボールの練習に加わった。部員は十三名。史はアタッカーで得点力が高く、ジャンプサーブも得意だ。キャプテンを務めておりメンバーからの信頼も厚い。史を中心にメンバーの笑顔がはじけている。史がサーブを打った。コートの外から拍手がした。「おう史、お前のサーブ凄いなあ。カッコいいぞ」酒屋の息子で幼馴染の知之が微笑んでいる。

「何か用？」

「まだ続けるのか？　そろそろ終われよ。一緒に帰らんか」

「もう少しね、お先にどうぞ」

〈子供の頃からちっとも変わっとらんなあ。真っすぐで頑張りぬくところ〉

知之は一度だけ振り返り、足早にコートを後にした。

涼介は30歳で妻子がいる。実の兄の突然の死は、涼介のその後の人生設計に大きな影響を与えた。涼介は、自分の夢や希望とは裏腹に、兄の妻であった女性と結婚しなければならない宿命を背負っていたのである。結婚後の涼介は、妻と連れ子の女児に精一杯の愛情を注ぎつつ、数学の道に邁進する毎日を送っていた。史と出会うまでの涼介は、女性と付き合ったことはなく、まして愛した女性などいなかった。史と初めて言葉を交わしてから、涼介の心は平静さを失っていった。授業をしていても、思わず史に目をやってしまう。史と目が合うと胸に熱いものがこみ上げる。バレーボールの練習でキャプテンとして躍動する史を見つけると、時間を忘れて見つめてしまう。何をしていても、史が頭から離れない。〈出会ってはいけなかったのか〉涼介は焦った。〈妻子ある身でありながら、しかも教師でありながら、こんな気持ちになってしまった〉〈忘れなければ、諦めなければ……〉焦れば焦るほど、史への気持ちが強くなる涼介。苦しくて恋しい、この募る思いを抑えきれず手紙をしたためてしまった。

「一度会ってくれないか。君を初めて見た時から、僕の心は君で満たされている」さらに「炎天に　跳ねる若鮎　みつめいし」そのような句も添えられていた。涼介は史からの返事を一日千秋の思いで待った。学級担任でないため、意識して会わない限り、史と顔を合わせるのは数学の授業か通路でしかなかった。史は、涼介の気持ちに応えるかどうか悩み、なかなか返事をすることができないでいた。やっと一度だけ会うことを約束したのは、手紙を受け取ってから一か月後のことである。その頃の史は、涼介への気持ちがはたしてどうなのか、わかっていなかったのだ。

約束の日、二人はドライブをした。

「史さんは、どの辺に住んでるの？」

「えーーと、町に一軒だけある酒屋さんから南に３００メートル余り行ったところです」

「ああ、あの酒屋さんの近くね。いい町だよね」

「おだやかで人と人の繋がりが強いと思います」

「そうなんだね。ところで三年生になって勉強はどう？」

「どうって？」

「いや、楽しく学べてるのかな？　数学は好き？」

「数学は好きです。楽しいかと言われればどうかなあ。進学のために頑張らなければ」

車中での会話はどこかぎこちなく、史は車窓の景色に目をやりながら、〈こんなことをしてもいいのだろうか、やばいかも〉などと、少し後悔する一方で、〈見つめられるとなぜかどきどきしてしまう〉とも感じていた。

約一時間車を走らせた頃に湖が見えてきた。

「湖だね、降りてみるかな」

「いいですね、私湖大好きなんですよ」

二人は車を降りて、湖のほとりをゆっくり歩き始めた。湖面を渡ってくる風がなんとも心地いい。史は深呼吸をした。

「気持ちいいなあ、空気が美味しい！」

「本当だ。空気が美味しいなんて初めてだ。素敵な場所だね」

「こんなきれいなところなのに、人が余りいないんですね」

「そうだね」

少し先を歩いていた涼介が立ち止まった。史が横に並んだ。美しい湖面、鮮やかな木々の緑、さわやかでやわらかい風が、二人の気持ちを解き放ったのだろうか。涼介が突然、史の手を握った。

〈え！　どうしよう〉驚きながらそっと握り返す史。

涼介は、史が手を握り返してくれたら、自分の気持ちを文面だけではなく言葉でも伝えようと思っていた。そっとではあるが、握り返してくれた。涼介は自分の気持ちを切々と語り始めた。「君が好きだ、高校を卒業するまで待つよ。どうしても結婚したい！」史はどう返事したらよいのか戸惑いながら、小さく頷いた。その時の史は、頭がよくて真っすぐな涼介に、もしかしたら恋をしているのかもしれないと感じたからである。

「史さん、これからも僕と会ってくれるね」

「……でも、本当にいいんでしょうか」

史は正直迷っていた。しかし、涼介の一途なまなざしが史の首を縦にふらせた。二人は、人目につかない場所で、週に一度は会うようになっていた。時には落差は余りないが景色が美しい滝周辺の散策。また時にはどこまでも続く白い砂浜を裸足で歩く海辺の散歩。そして小高い山のハイキングなど、自然が豊かな場所ばかりを選んで二人は訪れた。この間涼介は、史を抱きしめることも、一線を超えることもしないでいた。史への溢れるいとおしさと大切に思う気持ちが、それらの行為を封印したのだ。

二か月余りたったころ、涼介は史の両親に婚約の承諾を得るため池田家を訪れていた。涼介は、史に気持ちを確かめたわけではない。まして正式に求婚してはいない。史の気持ちは自分と同じだと思い込んでの行動であった。

「史さんと結婚させてください。高校を卒業するまで待ちます。東京で生活することも考えています」中学校の教員をしている史の父は、「君は奥さんや子供をこの先一体どうするのか。幸せにしてあげる義務があるはずだろう」と、諭すように言った。承諾が得られないまま、夜の小雨の中を帰っていく涼介。「ちょっと待って」後を追いかけようとする史に、母が声をかけた。「奥さんも子供さんもいる人は、必ず元のさやに納まるものよ」続けてこうも言った。「同じ女性に悲しい思いをさせていいの？」と。史ははっと我にかえり、涼介の後を追うことを止めた。父は、「史よ、自分の人生を歩め」そう言って、やさしく肩に手を置いた。

史は涼介への気持ちを整理するため、自問自答している。

〈好きだった？　確かに一緒にいて楽しかった〉〈映画やテレビで観るようなあんな激しさは？　あったとは思えない〉〈結婚したかった？　今もわからない〉

明確な答えが出るはずもなく、小雨の中を帰っていった涼介を追わなかった罪悪感が史の心を満たした。

〈あの頃の私は、恋をするには幼すぎたのかもしれないなあ〉史は時計に目をやりながらふと呟いた。待つ人はまだ来ない。窓の外に目をやると、小雨にけむる街はすでに黄昏が広がろうとしている。秋はまるで一日の終わりをせかすかのようだ。

〈もう少しこのまま待ってみよう。急な要件が入ったのかもしれない〉

史は再び罪悪感を持つようになったあの夜からの出来事に心を戻した。


史はあの夜以降も涼介の視線を痛いほど感じたが、それを振り払うかのように、以前にもまして、学業とバレーボールに打ち込んだ。

史がバレーボールの練習をしている。きりっとした顔立ちがより引き締まって見える。メンバーへの助言や声掛けに意思の強さがみなぎっている。しかし、懸命にボールを追ってはいるものの、輝くような以前の笑顔は消えている。

〈集中することで何かを断ち切りたいのか!?〉史の変化に気付いた知之は、放っておけないと感じていた。〈聞いても話してはくれないかもなあ、それでもいい、今の史の気持ちにちょっとでも寄り添えるなら〉練習を終えたのを確認して、史に声をかけた。「史、お疲れ！　一緒に帰ろうぜ」「知、待っててくれたの！」史が穏やかな笑顔を返した。二人はゆっくりとした足取りで、校舎を後にした。

「史、最近めちゃ頑張ってるなあ、大丈夫かあ」

「うん、でもなんで？」

「いやなんか気になって。なんかあったんか？」

「……あった！　あったけど言えない、知にならら言えそうだけど、でも言わない」

「そうかあ、あったんかあ」

それ以上聞こうとしない知之。〈子供の頃から変わらず、見守り支えてくれる知之、知之がいてくれたら大丈夫に思える〉史は知之の気持ちが嬉しかった。

「知、気にかけてくれてありがとう。大丈夫だよ」

知之は、今まで以上に史をいじらしいと思った。

〈史に告白したい！　この史への気持ちを。でもできない、情けないけど〉

知之は「ずっと好きだ」この言葉をぐっと飲みこんで言った。

「史、いつでもなんでも聞くぞ」

「うん」

二人は、いつもの十字路で右に左にそれぞれ帰路についた。

卒業式が近づいたある日、知之が声をかけてきた。

「おう、史。制服の第二ボタン欲しくないか？　お前にやってもいいぞ」

「なにそれ、いるわけないでしょ」

「そうかあ、欲しいという子が何人もいるんだけどなあ、もし欲しくなったら言えよ」

知之は数人の友人と合流し談笑しながら帰っていった。史は知之の後ろ姿を目で追いながら、ついそっけない返事をしてしまったことを、少し悔やんでいた。その夜、知之は第二ボタンを外し机の引き出しにしまった。史に渡したいという強い気持ちがそうさせた。

いよいよ卒業式の日がきた。史は涼介に心を込めて別れの会釈をした。涼介は何かを言おうとしたが言葉にならない。会釈をして通り過ぎた。〈振り向くことは許されないこと〉涼介の頬に涙がこぼれた。

史は友人と別れを惜しみながら、校庭を後にした。青春というかけがえのない時期を過ごした学舎は、桜や新緑や紅葉など、折々の季節によくマッチした場所だったなと感じながら歩を進めていると、校門のあたりから声がした。知之である。ゆるやかな下り坂を小走りに近づいてきて「おう、史、いよいよだな。お前の答辞よかったぞ、ぐっときた、みんなそうゆうとる。お前と俺は進む高校は異なるけど、忘れるなよ」知之の第二ボタンはすでになくなっている。〈誰がもらったのか〉ちょっと気になる史に、「史、ここんところ大丈夫そうだなあ。よかったあ！」史は「うん」と頷いた。暫く一緒に歩くと十字路に着いた。「じゃあ」といって知之は右に史は左に。数歩進んだところで、知之が引き返してきた。「史、将来誰ももらい手がなかったら、俺がもらってやるからな、覚えておけよ」史は返事をしないで笑顔を返した。

史は県下有数の進学校に進学していた。勉学にもスポーツにも勤しみながら、心許せる友人もできた。その頃の史は、涼介と付き合った日々を、遠い日の情景だと思えるようになっていた。ところがある日、高校の友人から、「『池田　史さんを知っていますか？　知っているのならこれを渡してください』と言われて預かったよ」と、手紙を渡された。表書きの氏名の字は、まさしく涼介のものである。史は突然のことで驚きながら、封をきった。手紙には、自殺しようとして思いとどまったことや、心を病んでいたが、このほど快復したことなどが書かれていた。そしてもう一度会いたいとも。史は静かに手紙を納めた。〈中途半端な気持ちで涼介に接したことが、いけなかった。なぜなら、自分の気持ちがどうなのかはっきりわからないのにもかかわらず、涼介の熱い気持ちに応えようとしてしまった。さらに、ずっと消すことのできない心のわだかまりはなんだったのか。今なら、それがわかる。同じ女性を悲しませてよいのか、このことだったのだ。母の言葉に救われたのだ〉そのように思えたからだ。史は、この先涼介に会うことは決してないと心に誓った。この涼介との出会いと別れの経験は、その後の史の恋愛を慎重にさせたといえる。

知之は、史が通う高校に隣接する工業高校に進学していた。近くにいるにもかかわらず、二人が顔を合わせることは、全くなかった。

高校三年生の春、中学校の同窓会が行われ、史も知之も出席した。背が高くなり男らしくなった知之に、史はすぐに気付いたが、近寄ることなく他の友人と談笑していた。「史、久しぶり」背後から知之の声がした。振り向く史。そこへ、知之の親友の邦夫がやって来た。「やあお二人さん、仲良く付き合ってるんだろう？」顔を見合わせる知之と史。「知、第二ボタンは史に渡したんだろう？　史以外考えられないと言っただろう」知之はどぎまぎしながら、「まずいなあ、ばれたか、もう昔のことだよ」〈知之は私にボタンをもらってほしかったんだ〉史は初めて知之の気持ちを知った。二年ぶりの再会は、二人の距離を急速に縮めていく。

「史、どこの大学にいくつもり？」

「大阪よ」

「え！　そうなのか、俺は京都だ、近いな」

「どの学部なの？」

「経済学部だよ、そのうち家業を継ぐことになるしな、史は？」

「薬学部よ、薬で人を助ける仕事をしてみたいと思うの」

「そうかあ、お互い頑張ろうぜ」

二人は、連絡先を交換した。

史は、薬剤師の資格を取得するために、六年制の薬学部に進学した。座学だけでなく、病院実習や薬局実習を控えて、全力で学業に取り組む史は、知之と楽しく過ごす時間的余裕を持てないでいた。二人を繋いだのは、メールの交換である。

「史、嵐山の紅葉はものすごい綺麗だ。中学校に近い池のほとりの赤・黄・緑の風景を思い出した。ぐっときたぞ！　一緒に見れなくて残念！」

「史、大徳寺の精進料理はお勧めだ、今度一緒にいこう」

「うまいだんごも見つけたぞ、史がかぶりつくとこ想像して笑ろてしもた」

知之からのメールには、美味しい食べ物や綺麗な景色についての記述がほとんどだ。〈学問はどうなってんの〉と気にはなるが、それにも増して知之の思いやりが心に平安をもたらした。以前、京都の風情や人々の営みや歴史を深く知りたいと知之に話したことがあるからだ。史は知之からの文面で、古都の季節の移ろいや食文化、神社仏閣の佇まいを思い浮かべることができた。折々に知之から届けられるその心地よい時間によって、疲労困憊という暗闇に迷い込むことなく、薬剤師という星を目指して進むことができている。

知之は、史よりも二年先に卒業し大阪の大手酒造会社に就職した。

「史、就職先が決まったぞ、会えないか？」

「そうなんだね、よかったね！　会いたいなあ」

二人は、大阪のレストランにいる。穏やかな雰囲気が二人を包みこんでいる。

知之は、正式に告白するという決意を胸に秘めている。

「史、ちょっと細なったんと違うか？　苦労してるんだろうな」

「うん。病院実習が始まるしね。患者さんや医療スタッフときちんと対応できるか不安……」

「すごいなあ史。史なら大丈夫だあ。誰からも好かれるよ。いつも応援しとるぞ」

「うん。ありがとう。知のエールはいつも届いとるよ」

「ところで史、俺はその……実はあの……」

「あ、ところで知、会社ではどんな仕事をしてるの？」

史は、思わず知之の言葉をさえぎった。知之の次の言葉の意味を察したからだ。

〈知之の気持ちは嬉しい。でも自分の気持ちは今まだ中途半端だ。こんな気持ちでは、知之を不幸にしてしまうのではないか。自分の気持ちがはっきりするまでは、次の一歩を踏み出してはいけない〉遠い日のほろ苦い出来事がそうさせた。

知之も、史の気持ちに気付いた。〈今はその時ではないな。史、必ずいつか〉

二年後、大学を卒業した史は、大阪の大学病院で薬剤師として勤務し、充実した日々を過ごしている。


待ち合わせをしているのは知之だ。

時間はさらに過ぎていく。知之はまだ来ない。「ふ〜っ」とため息をつく史。

何かあったのかもしれない、連絡をしてみた方がいいかもしれないなと思っているところに、スマートフォンの振動音がした。知之からのメールである。「今日は会えそうにない、病院を受診してるんだけど思いのほか時間がかかってる、ごめん」という内容に史は明らかに狼狽した。「病院を受診？　それって何？　大丈夫なの」史のメールに「今度会った時に話すよ。本当に今日はごめん」と再び返事があった。

カフェを出ようとしたところに、一人の男性が入ってきた。見覚えのあるその男性は、史を見て笑顔で会釈した。「池田さん、その節にはお世話になりました。いい勉強をさせてもらいました」史はその言葉で、誰なのかを鮮やかに思い出すことができた。その男性は、大学病院で勤務する30歳の青年医師、進藤聡一郎であった。史は病棟で直接患者に服薬指導を行う他に、医師から相談を受けることがあり、内科医である聡一郎もその一人である。

「池田さん、よろしければ少しお付き合いいただけますか？」史は笑顔で頷いた。

「先生、どうされましたの？」

「僕の住まいはこの近くでね、美味しいコーヒーが飲みたくなったらここへ来るんだよ」聡一郎は微笑みながら言った。

「池田さんこそどうして？」

「待ち人来たらずなんですよ」

「え〜〜じゃ今日チャンス到来だなあ」

「え？」

「こんなところで会えるなんて、なんか縁がありそうなんだ」

聡一郎の言葉に、史の心が少し軽くなった。

その頃、知之は邦夫を呼び出して、行きつけのバーでグラスを傾けていた。

「邦、お前が落ち込んでどうする」

「しかしなあ知、信じられんよ、脊髄腫瘍とはなあ」

「今は下半身の痺れだけだ、すぐに車いすの生活になることはないだろうよ、良性でよかったよ」知之は漠然とした不安を抱えながら、気丈に答えている。

「手術はできないんだよなあ」

「腫瘍の場所がね、手術するのは危険らしい」

「なんでお前が、知、俺くやしいよ……くそ涙が……」

「邦、心配かけるなあ、おれも悔しくて……」

二人は、こぼれる涙を我慢しきれずにいる。邦夫に聞いてもらえたことで、知之は少し気持ちが晴れたように感じてありがたかった。

グラスを傾けること約二時間、二人はがっちり握手をしてそれぞれ帰路についた。帰宅した知之は、一人になると不安が募り急に腹立たしくなった。「なんでこの俺が、なんか悪いことでもしたか？　俺はこの先どうなる？　いやだ～～悔しい！」知之はソファを何度も叩きながら言葉を絞り出している。苦しい時間ばかりが過ぎていく。そんな頭に浮かぶのは史。〈史にどのように報せればよいのか、こんなありさまでは会うことすらできない〉心配をかけたくないばかりではない。この先付き合ってもよいのか。知之は、答えを出せないまま眠れない夜を過ごした。

史は偶然カフェで会った聡一郎に食事を誘われたが、知之の受診結果が気になり断っていた。帰宅して知之からの連絡を待ったが、その夜、電話もメールもなかった。

翌日の日曜日、史は勇気を出して知之にメールをした。いつもだと余り時間を置かないで返信してくれるのに、〈どうして！〉史はますます不安になった。電話をした方がいいかもしれないと思っているうちに、昼前になった。何か食べなければと冷蔵庫に近づいた時、電話の着信音がした。慌てて電話に出る史。

「史ごめん、夕べ邦夫と飲み過ぎてね。連絡が遅くなった」

「知、あんまりだわ」

「ごめんごめん。今度の日曜日会えるか、そう一週間後だ」

二人は、行きつけのレストランで会うことにした。先に着いたのは知之。〈プロポーズしたかったけどなーー〉知之は、自分の身に起きた不幸なできごとに、打ちひしがれていた。〈そんな素振りはみせられないな〉知之は、背筋をのばした。

「知、待たせたね、ごめん」史の息が上がっている。「急いで来たんだね。さあ美味しいものを食べるぞ、飲むぞーー」知之は努めて明るく言った。食事をしながら、笑顔を見せるものの、知之は時々遠い目をした。「なんか心配なことでもある？」史が訊ねる。

「実は会社がね、海外に進出することになってね、超忙しくなりそうなんだよ」

「そうなんだ。それより身体のほうはどうだったの？」

「身体は大丈夫だよ。余り会えなくなるかも。それがね」

「連絡はこまめにしてよ」

「承知しました」知之は努めて明るく少しおどけて答えた。

史を送り届けて帰宅した知之は、この先どうすればよいのか、史にこのまま嘘をつき続けてよいのか、真剣に考え始めていた。

史は担当する病棟でチームカンファレンスに同席している。聡一郎も一緒だ。患者を中心に、さまざまな職種が一堂に会して患者のよりよい方向性を話し合う場に参加する意義を感じる史は、やる気にあふれて魅力的だ。カンファレンスが終了した時、聡一郎が話しかけてきた。「僕は患者さんのＱＯＬを最優先する治療をしたいと思ってるんだ。そのためには、患者さんへの説明が大変重要だと思っている」興味深く聞いていた史は「先生の医師としてのお考え、私も同感です」と答えた。聡一郎は、患者さんの訴えをよく聞き、今後どのように治療を進めていくのがよいのか、一緒に考えることのできる医師なのである。

史にとって聡一郎は「信頼できる人、尊敬できる人」として眩しい存在になっていった。

土曜日の午後、史はカフェにいた。知之とよく待ち合わせをする場所である。〈そういえば、進藤先生がこの近くに住んでおられるんだ〉そう思うと、史はなぜか嬉しい気持ちになり、窓の外に目をやった。「奇跡かも」史は思わず呟いた。こちらに向かってくるのは、聡一郎。カフェのドアが開いた。聡一郎は、すぐに史を見つけて同じテーブルの席に座った。

「驚いたよ。でもちょっと期待してたかな！」白衣でない聡一郎の姿も格好いい。史は自分ももしかしたら期待していたかもと感じていた。聡一郎はいつものようにコーヒーをオーダーして、くつろいでいる。「ところで、仕事はどう？病棟での服薬指導大変でしょ？」

「やりがいがあります。私患者さんにどう説明すれば最も伝わるのか、いつも考えています」

聡一郎は深く頷いて言った。「患者さん本位の医療を一緒に実現したいよね」

聡一郎は、史という心地よさを感じていた。

「池田さんは何をしている時が幸せ？」

「美味しいものを食べてる時かな」

「僕もだな！」

二人はお互いが好きな食べ物やアルコールの話で盛り上がり、次に音楽の話題になった。

「池田さん、どんなジャンルの曲をよく聞くの？」

「ジャズはちょっと苦手かな。他は何でも好きです。最近、Rシュトラウスの交響詩『英雄の生涯』をコンサートで聞いて感動したんですよ。ユーチューブでは再生回数の多い曲を選んでよく聞くかな。注目度の高い歌手やグループにも関心がありますけど」

「そうなんだね、幅広くていいね。僕は主にクラシックかなあ。ジャズも好きだけどね。なにを隠そう、ピアノを弾くんだよ」

「え！　そうなんですか！　素敵ですね」

史は聡一郎と過ごす時間が楽しければ楽しい程、レストランで時折見せた知之の遠い目が、脳裏に浮かんでは消え、他の男性と過ごすうしろめたさがあった。しかし、聡一郎と会うと吸収できることが沢山ある、そして一緒にいてとても心地よいとも感じていた。

「池田さん、今度一緒に食事に行きませんか？」快活な聡一郎の言葉は、一瞬にして史のもやもやした気持ちをかき消した。〈今回も直球の誘いね〉一瞬戸惑う史であったが、しかし今回は受けたいと思った。史は〈知之、ごめん〉と心の中で呟いた。

「ご一緒させてください」

「断られたらまた何度でも誘うつもりだったけどね、よかった！」

聡一郎の表情が輝いている。史はさわやかな笑顔を返した。

知之は答えの出せない難題と向き合う時間が長くなっている。気のせいだろうか、両下肢の筋力が落ちてきたように感じられる。「腫瘍が大きくなる速度は、個人差がある。そのスピードは誰にもわからん、神のみぞ知るだ」知之はうめくように呟いた。

〈史に会いたいなあ、しかし会ってどうする〉思考回路の同じところをぐるぐる回っている知之の思いは、晴れることがないままである。

こんな気分の時には、『レクイエム』でも聞くか。モーツァルト、モーツァルトとCDを探していると、玄関のチャイムが鳴った。来客は、邦夫と咲である。咲は、中学時代に知之の第二ボタンを欲しいと言ってくれた友人である。

「知、なにしてる？」

「知之君、久しぶり」

〈あのままレクイエムを聞いていたらどうなってた？〉二人の来客に知之の沈んだ気持ちが救われた。

「お〜〜よく来てくれたな！」

「知は咲とは十年以上会ってなかったよな」

「全くだ！　嬉しいよ」

咲は知之と邦夫の会話を聞きながら、穏やかに微笑んでいる。そんな咲を見て知之は〈素敵に成長したんだな〉とわけもなくうきうきしてきた。「コーヒー入れるよ」と立ち上がった知之に「なあ、今15時だよな。早いディナーはどうだ？」「美味しそうなもの買ってきちゃた！」二人の嬉しい提案。知之は「ワインどうだ？　赤・白揃ってるぞ」「ブラボー！」

ソテーされた淡路島の豚肉、珍しい野菜類のサラダに生ハムとサーモン、ペンネ、チーズのあれこれが並べられた。白ワインを抜栓して、「乾杯！」

〈久しぶりに心に平安がもたらされるようだなあ〉知之はソファにゆったりと身をゆだねながら、邦夫と咲との会話を楽しんでいる。

「咲、付き合っている人いるのか」

「邦君突然なによ」

「知も聞きたいだろう？」

「あたりまえだ、聞きたいよ」

「失恋しちゃった、もう一年になるけどね」

「咲を振るとはなんちゅう奴や」

「そう言う邦君は？」

「好きな女性はいるけど、まだ告ってない。タイミングがね」

「邦、そうか、でかした、頑張れよ」

「知之君は？」

「俺はう〜〜ん俺はこれからかな……」

知之は、邦夫が史のことに触れないでいることをありがたく思いながら、絶望とささやかな希望のはざまで揺れていた。

「これからも、ちょくちょく会おうぜ、なあ知」

「二人にこれからも会いたいわ」

「そうしよう、そうしよう、俺も二人に会いたいよ」

三人のおだやかでやさしく懐かしい時間は、夜の帳《とばり》が下りるころまで続いた。

二人を見送った知之は、「なにをクヨクヨ、わからん先のことを思い煩う？」

思わず口走っていた。前が向けそうに感じる知之は、その夜久しぶりに熟睡した。


お洒落なフレンチレストランで、食事をしているお似合いのカップルがいる。聡一郎と史である。

「素敵なお店ね」

「念願かなったこの日だ。気に入ってくれて嬉しいよ」

聡一郎も史も赤ワインが好みだ。グラス三杯くらい飲んだだろうか。いつになく顔にほてりを感じてとまどう史。でも心地よい。

「池田さん、付き合っている人いますか？」また直球が飛んできた。

「……いるにはいるけど……」

「いるにはいるけど？」

「最近は余り会えてないの」

「いるんだね。当然だな。池田さんのような人を放っておくわけがない！」

史はちょっと言い過ぎよと思いながら、内心まんざらでもない気持ちになった。付き合っている人がいると答えたから、もうこれでおしまいかもしれないと思ったその時、また直球が飛んできた。

「池田さん、僕と付き合ってください」

史はすぐに返事ができないでいる。知之の顔が浮かんだからだ。その頃の史は、知之と会えないでいた。〈知之と会えない寂しさを紛らわせたいから聡一郎と付き合う？　そんなことをしていいの？　でも聡一郎と過ごす時間はとても楽しい！　このまま聡一郎と会えなくなったら、悲しい〉史の頭の中を、聡一郎と知之への気持ちがぐるぐると回った。

史は、深く息をして目をつぶった。そして意を決した。

「嬉しいですけど、いいんでしょうか」

聡一郎はキラキラした瞳でにっこり笑った。

知之は努めて変わらない様子で出社している。ぎこちない歩き方がばれているかもしれないと気にはなるが、それはその時と半ば開き直った強い気持ちになれていた。

会社では、初めて試飲会を開催することが決定された。部長と課長が話をしている。

「イベントリーダーを誰にするかだな」

「是非成功させたいですよね」

「君が将来のホープだと言っている酒屋の息子はどうなんだ？」

「小暮君ですね。彼、最近ちょっとおとなしくなっていまして、心配していますす」

「そうか、一応彼に声をかけてみてくれ」

「承知しました！」

課長は、自分が目をかけている知之の元気のなさが気になっていたので、このチャンスを生かしたいと思った。

「小暮くん」課長が呼んでいる。「今度会社で試飲会をする計画が持ち上がってるんだがね。企画してみないか」どうやら、酒屋の息子の自分に白羽の矢が立ったらしい。

「やってみたいです。頑張ります！」知之は気持ちが高揚するのを覚えて内心嬉しかった。

「そうか、そうか、よろしく頼むぞ。後の人選は君に任せた方がいいかな」

「はい、考えてみます」

その後知之は、経理と営業と人事から若手の五人を人選した。

〈前を向けたのは、邦夫と咲のお陰だな、すぐにでも会いたい〉知之は、昼休みに邦夫と咲にメールをした。すぐに二人から返信があった。二人とも喜んでくれている。

それが今の知之にとって何よりの良薬なのである。

その夜、自宅に邦夫と咲に来てもらい、試飲会の話をした。邦夫と咲は前のめりになってあれこれ案を出してくれる。

どんな銘柄の酒を用意するのか、酒に合うつまみは用意するのか、用意するとしたら出店がいい、その場所は？　参加費はいくらに？　広報は？　などなど、話は夜半まで続いた。

〈この爽快感、やり遂げたい気持ちはなんなんだ！〉知之は、将来に向かって進むべき何かが見えてきたように感じていた。

会社の会議室では、知之をリーダーに試飲会プロジェクトが始動していた。総勢六人。知之は自分で選んだメンバーを最強だと自負している。机の上には、自慢の銘柄の酒が十種類並べられている。会社の平面図もある。パソコンでホームページを立ち上げている。他社が発行したイベントのチラシやイベントで出店している店の一覧もある。

簡単に自己紹介をすませた後、知之が発言した。「社運をかけてとまでは言わないにしても、今回限りでポシャるようなことにはしたくない。参加してくださるみなさんに喜んでもらえるイベントにしよう」

その後はフリートークで進められた。「最初に、社内で実施することが可能かどうかだな」メンバーは平面図のあちらこちらを指さしながら、酒と紙コップを並べる位置と出店設置箇所から実施可能な場所を選んだ。「ここなら混雑することなく楽しんでもらえるよな」「酒は、純米吟醸酒・純米酒・吟醸酒の中から人気のある五つの銘柄を選ぶのはどうだ？」「それがいい、自分がいいと思うものをまずは選んでみるか」最終的に、フルーティ、辛口、やや甘口、まったり系の中から、五銘柄を選んだ。「出店はどうする、味もだが安全第一だよなあ」「枝豆、たこ焼き、お好み焼き、おでんはどうだ？」「鉄板の持ち込みがＯＫだと可能だな、店に聞いてみないとな」「問題は参加費だ。日頃のご愛顧に感謝するイベントだろう?」「一人が飲む量を考えると1、000円までが妥当だろう」広報は、会社ホームページへの掲載、チラシの配布によって行うことを決めた。

素案は課長に提出した。後は裁断を待つのみである。一週間が過ぎたある日、課長が手招きをしている。〈OKいやNO?〉知之は自然に速足になった。

「課長、お呼びでしょうか」一呼吸おいて課長が親指を立てて発した言葉。

「やったね~~小暮」「え! そうなんですか! よかったあ」知之は、プロジェクトメンバーを招集した。「みんなありがとう。案通りで詳細をつめていくことになった。ありがとうな」チームメンバーは、ハグをしたり、握手するなど激しく高揚している。知之もその輪に加わっている。イベントの開催は、二か月後の十一月第一日曜日と決められた。

帰宅した知之は、まだ高揚した気分が治まっていない。ボッチ飲みで祝杯をあげるかなどと思っているところに、メールの着信音がした。プロジェクトメンバーの紅一点、木下真理からの飲み会の誘いである。駅前の「今昔」という居酒屋で、例のメンバーが集まっているようだ。知之は、すぐに駆けつけると返信した。

店内は結構混みあっている。入口に近いところに掘りごたつ式の個室があり、そこに五人全員揃っている。

「待ってましたよ～～」

「はやくはやく」

知之が席に着くと、ビールが運ばれてきた。

「もう一度みんなで乾杯しよう！」

「それではリーダー乾杯の音頭をどうぞ」

知之は〈素敵なメンバーだな〉と思いながら、「みんなありがとう、一発快挙に乾杯！」それからは、歌こそ歌わないものの、楽しく充実した時間が流れた。

知之は、全力で協力・支援してくれた邦夫と咲のことを考えずにはいられない。二人のお陰で自分がこの場に存在できているのだから。

そろそろお開きの時間だと感じた知之は、「みんな今日の支払いは俺に任せろ！」「ご馳走になっていいんですか」みんなの笑顔がはじけている。

支払いをすませ、店を出ようとしているところに、なんと、邦夫が入ってきた。

「驚いたなあ」

「俺こそ驚いたよ、ここで会おうとは」

二人は驚きを隠せないでいる。

知之はメンバーを見送った後、カウンター席にいる邦夫の隣に腰をかけた。

「一体どうした、残業の帰りか？」

「いいや、聞いてくれるか？」

邦夫はビールを一気に飲み干して言った。

「今夜なあ、告るつもりで好きな人と食事をしたんだよ。しかしいざとなったら、言い出せないもんだな」

「そうなんだな。似たような俺たちってことか」

「全くだ」

「ところで、邦の相手は俺が知ってる人と違うよな、まさか」

「そのまさかだ」

「え〜〜！　もしかして咲なのか」

邦夫はこっくり頷いた。

「そうかあ、俺ものすごく嬉しいよ！　成功を祈るよ」

「ところで知、史とはその後どうなってる？」

「メールのやり取りはしてるけど、ここ数か月会ってないんだ。いや会えないんだ」

「病気のことを話せないんだな」

「ああ話せない、話す時は別れる時だろうよ」

「どうしてもそうなるのか、やるせないな」

「本当は俺、史に会いたくて、会いたくて。でも史にとって俺は友人以上恋人未満だろうな」

「なんでそう思うんだ？　告ってもないのに」

「ちっちゃい時からずっと見てきてるんだ。感じるんだわ」

「感じる？……そうかあ……感じるんかあ」

二人はお互いを思いやりながら、静かに飲んだ。


史は病棟薬剤師としての業務にも慣れて、いきいきと仕事をしている。史は先生と呼ばれて、高齢の患者から特に人気がある。

「史先生、こっちへ来て」

「先生なんて呼ばないで」

「薬のことを沢山教えてくれるから先生よ」

ここは四人部屋。周りの患者も「そうそう」と口々に言う。

「先生、痛いの痛いのとんでけ〜〜ってやってくれる？」

「はいはい、いいですよ、痛いのはどこ？」

「ここ」80歳位の女性が胸を指さした。

史は患者の胸に手を当てて、「痛いの痛いの飛んでけ〜〜」

「子供の頃、お母さんがしてくれた、懐かしい。痛いのがましになったみたい」

患者の言葉に、史も母にしてもらったおまじないを思い出し、ほっこりあたたかな気持ちになった。

患者の悩みや相談に親身になって対応し、また凛とした態度で他医療スタッフと良好なコミュニケーションを築いている史に、好感を持つものが増えている。

今日は聡一郎と会う約束をしている。いつもの時間に病院を後にして、いったん自宅に帰り急いで着替えをしているところに、メールの着信音がした。書かれている内容を読む史。「久しぶりに会えないか。例のカフェでどうだ」知之からの何か月ぶりかの誘いのメールは、史を思いがけずうきうきさせた。急ぎＯＫの返信をした。

史は聡一郎とレストランで食事をしている。〈今日の聡一郎の服装もそつがないな〉そう感じる史は、自分はどんな装いをすればお似合いになれるのだろうかなどと悩んでしまう。

さわやかでキリリとして見える史にはスーツがよく似合う。今日は深いグリーンのパンツスーツ、インナーは白のブラウス。ロングスカートなんて柄じゃないし、などと考えていると

「池田さん、その服の色、すごい好きだな」

「え、そうですか、たまにはロングスカートをはこうかななんて思ってますけど」

「うん、似合いそうだ。ところで、池田さんの故郷は？」

「愛媛県の松山です」

「夏目漱石の『坊ちゃん』の舞台の、あの松山なんだね」

「先生は？」

「福島だよ、父が不動産業をやってる。一人っ子なんだ」

「そうなんですね」

穏やかに会話する聡一郎。〈素敵だなあ、初めてこのような男性に会った気がする〉と思う一方で、知之のしぐさや言葉を何気なく思い浮かべてしまう史は、どこかで何か無理をしている自分がいるとも感じていた。素敵な聡一郎に見合う自分になるにはどのような努力をしなければならないか、つい考えてしまう。知之とならどんな時も自然体でいられるからだ。

土曜日の午後のいつものカフェ。店内には史と知之の二人だけである。史は知之を見るなり〈あれ？　知之がネクタイを締めている、いいじゃない！〉
「史、本当に久しぶりだな、元気そうじゃないか」史の澄み切った瞳と目が合った瞬間、知之は無理やり押し殺してきた感情が、一気に噴き出してしまいそうで、平静を保つのに必死であった。

「知、仕事が忙しそうじゃない？」

「そうなんだよ、この間試飲会のプロジェクトリーダーで頑張った！　案一発承認。ヤッターって感じだった」

「そうなんだ、ヤッターだね」

「邦と咲がね、俺に力をくれたんだ、ありがたかった」

「邦君と咲、また会いたいなあ」

「今度また四人で会わないか、時間を作るよ」

ときめき！　いいやそうではない、でも、安心で穏やかで悲しいほどに懐かしい気持ちが史の全身を包み込んでいた。

知之は、ずっと史に抱き続けてきた感情が、久々に会ったこの時、確かなものだと確信した。

〈史には幸せになってもらいたい、史が幸せになるならどんなことでもする、できる〉

少しずつお客の数が増えてきた。史と知之はカフェを後にした。

「史、少し一緒に歩くか」

「うん、いいよ」

二人はゆっくり歩き始めた。少し進むと公園が見えてきた。

「公園か～～久しぶりだな、行ってみるか」

「行こう、行ってみたい」

ベンチに腰をかけると、幼い子供と母親がやって来た。子供がブランコに乗りたいとぐずっている。その光景に二人は思わず顔を見合わせて微笑んだ。

「あの、史、実は……いいやなんでもない」

「なによ？　言いかけて止められると気になるわ」

「ごめんごめん、ほんとに大したことじゃないんだ」

知之は、病気の話をぐっと飲みこんだ。

「さあ行こうか、今日は会えて嬉しかったよ」

「知、私もよ」

知之は立ち上がる時ほんの少しよろめいた。歩く速度が上がらない。

「知、大丈夫？」

「大丈夫だよ、この間腰を打ってね。そのせいなんだ」

この日、知之はまた嘘をついてしまった。〈やっぱり、史をなくしたくないなあ、未練だ、未練未練未練……〉

知之は、史が住むマンションの近くに佇み、史の帰りを待っている。カフェで会って以来、二週間の間、会わずにいたのだ。一目でいい、史に会いたい。その一心でこんなところまでやって来た。随分時間が過ぎた。何時だろうか、スマートフォンで22時を確認した。諦めて帰ろうとしたその時、腕を組みながら、マンションに近づく素敵なカップルが目に入った。史！　史ではないか。知之は呆然とその場に立ち尽くした。二人は何かを語り合い、手を握り合い、そして、史は会釈をしてマンションへ。見送る男性の格好良さは、離れた場所からでもよくわかる。「そうなのか、史、幸せなんだなあ」知之はゆっくりとその場を離れた。どのようにして帰ってきたのか覚えていないが、自宅にたどり着けた。暗い部屋に入り「ただいま」、電気をつけて冷蔵庫の缶ビールを一気に飲み干して、もう一本。今度はゆっくり飲んでいると急に涙がこぼれた。〈田舎の両親に病気の報告をしなければ、俺の行く末の相談もしなければ〉知之は、涙をぬぐうこともせず、ぼんやりと久しぶりに帰省する故郷を思い浮かべていた。重くて苦しい時間が流れていく。知之は壁のチラシに目をやった。〈何をやってるんだ俺は。俺には何としても試飲会を成功さる責任と義務があるじゃないか！〉近づいてきた試飲会に心を移した知之は、意思のみなぎる表情に変わった。

雲一つない広大な空が広がっている。いよいよその日が来たのだ。メンバーはそれぞれの持ち場で待機している。車椅子も用意した。

開始時刻の10時少し前、高齢の夫婦がやって来た。それから男性のグループやカップル、女性のグループもやって来た。若い年齢層が多いのが驚きであり、妙に新鮮であった。飲み比べる人々の表情を見て、安堵と確かな手ごたえを感じる知之。

五銘柄の日本酒が好評であることは、720ml瓶がよく売れていることでわかる。出店の前にも人垣ができている。おつまみの大阪らしさが受けているようだ。

午後2時を回ると、やって来る人の数が落ち着いてきた。知之は持ち場を回りメンバーにねぎらいの言葉をかけている。会場の入り口にたどり着いた時、三人の男女が手を振って近づいてくるのが見えた。なんと邦夫と咲ではないか。そして史もいる！

「おう知、どんな具合だ？　盛況か？」

「大盛況だ！　喜んでくれ」

知之の晴れ晴れとした表情と力強い言葉に、午後のゆるやかな陽光がさらに輝いて差し込むようであった。


試飲会を成功させた知之は、故郷に向かっている。飛行機が松山空港に着陸した。ゆっくりと滑走路を進む機体の窓から見る空港ビルがなんとも懐かしい。飛行機の出口から空港出口までは少し距離がある。足早に出口に向かう人の波に追い越されながら、〈いつ歩けなくなってもおかしくない。歩くということの感覚をしっかり覚えておこう〉自分に言い聞かせながら、やっと出口に着いた。

ほっとする知之は、手を振る父を見つけた。迎えに来てくれたんだ。親のありがたさを思い、胸が熱くなった。

「知之、遅かったなあ、乗り遅れたんちがうかおもた」

「ありがとう父さん、助かったよ」

小暮家は、空港から約三十分の町にあり、かなり大きな酒屋を営んでいる。車を運転する父は久しぶりの息子との対面に時々鼻歌を歌い上機嫌である。それが、知之には辛かった。

実家に到着した。「お帰り」母と妹が笑顔で迎えてくれた。知之は両下肢に精一杯力を入れて、平静を装い部屋に入った。しかし、妹の梨沙は兄の異変を敏感に感じ取っていた。

「お兄ちゃん、どうかした？」

「大丈夫だよ、今夜話をするからな」

夕食の時間になった。お袋の味が並んでいる。瀬戸内の魚の刺身と煮つけ、大好きな筑前煮、茄子の煮びたし、豚肉のソテー、野菜の天ぷら、「わお！　美味しそう、お袋ありがとうな」「やっぱり最初はビールか」父は栓を抜いて知之のグラスに注ぐ。「父さんも」父はグラスを少し傾けながら受けている。「お母さんと私にも」知之は心を込めて母と妹のグラスに注ぎ入れた。〈今夜は、家族で思い切り楽しもう。病気の話は明日にしよう〉久々の家族の団欒、一人ひとり笑顔がはじけている。いつしか、アルコールはビールから日本酒に変わり、父と息子はよく飲んだ。

翌日の朝、妹の声で目がさめた。二日酔いかもしれないなと思いながら、リビングに行った。父母妹が揃っている。「梨沙が『お兄ちゃんの話をみんなで聞きたい』と言うんでなあ」

知之は、どう切り出すか悩んでいたので、妹の心遣いがありがたかった。

「実は俺、病気なんだ。手術は危険でできないそうだ。脊髄というところに腫瘍ができている。良性なんだけど、腫瘍は大きくなる可能性が高い。大きくなる速度は、人それぞれだそうだ」知之は、静かに話した。みんなの表情から、どれほど驚いているか、痛いほどわかった。

「知之、今はどんな具合なんだ？」

「両下肢に力が入らない、痺れもある、そのうち車椅子の生活になると思う」

父は、両肩をふるわせて大粒の涙をこぼしている。父の涙を初めて見た知之の目にも涙が溢れた。母と妹も泣いている。

「知之、ここへ帰ってこい！」

「そうよ帰ってきて」

父母も妹も知之と一緒に暮らすことを強く望んだ。知之は、家族に真実を伝えることができた安堵の気持ちと、帰る場所がある心強さと安心から、いつになく晴れ晴れとした気分を味わっていた。

食卓には朝食の料理が並べられている。母と妹の合作らしい。銀シャリ、味噌汁、卵焼き、さわらのみそ焼き、鉢には葉物野菜のサラダ。知之は久しぶりの美味しい朝食に、舌鼓を打った。朝食を終えて店に並べられている日本酒やワインを眺めていると、一人の客が入ってきた。

「あれ、あんたは？　もしかして知之か？」

「おおそうだ知之だ、修か？　修だよな」

二人は中学校の同窓会以来の、なんとかれこれ9年ぶりの再会であった。修は町役場で仕事をしているという。

「近頃、町は寂れていくばかりだあ、シャッターを下ろしてしまった店もある。空き家もちらほら出てきてなあ。町を活性化させたいけど名案が浮かばんのよ。困ったもんだ」修の話は、知之に衝撃を与えた。

「この町の住民以外の人の関心を引くイベントはどうなんだ、何かやってるんか」

「案はできてもそこから進まん」

「そうか。難しそうだな」

修は、1・8Lの純米大吟醸を一本購入した。

「それじゃあな知之、あんまり時間ないから帰るわ」

「おう元気でな、また会おうぜ」

修の後ろ姿を見送りながら、「この町が廃れていくなんて、残念過ぎるよなあ」近くにいた妹の梨沙が真剣な顔をして頷いた。

暫くすると、修が引き返してきた。

「おうなんか忘れもんか？」

「いや、今この近くの俺の家で飲み会をやってる、同級生もおるぞ」

「そうなんだ」

「ちょっと顔出せよ」

知之は、梨沙に声をかけて修の家に向かった。

「知之元気だったか？　久しぶりだなあ」真っ先に声をかけてくれたのは、幼馴染の康太だ。

「はよここへ座れや」見覚えのある顔の男性が手招きしている。

知之は指定された場所に座った。

修が「この連中は、俺の強い味方だ、町を元気にするプロジェクトチームのメンバーだ。と言っても自分たちで作ったプロジェクトだけどな」

「なんとかしたいよな」

「なんとかせんといかん」

「知之は都会人だ、なんか面白い企画あるんとちがうか」

「いや～～そう言われてもなあ」

「知之、連絡先を教えろよ、これからちょくちょく俺らのことを知らせるわ」

「わかった、よろしく頼むぞ」

メンバーの話を聞きながら、〈試飲会プロジェクトの経験を生かして、何か役に立ちたい〉知之の心にかすかな灯りがともった瞬間であった。


知之は、大阪に帰った。今の会社で車椅子で仕事をすることに心配はない。周囲の理解が得られそうだからである。しかし、試飲会プロジェクトで得た達成感を、今度は、故郷で味わってみたい。知之の希望と夢は、故郷での地域貢献に向けられていく。

知之の自宅に、邦夫と咲が訪れている。二人は、知之の表情から〈なんかつきものが落ちたみたいだ〉と感じていた。

「俺、田舎に帰ろうと思う、故郷で出直すよ」

「知、もう決めてしまったんだなあ、表情でわかるよ」

「うん、もう決めてしまった！　変えることはないよ」

「知之君、そうなのね、寂しくなるけど賛成するわ。今の表情を見てるとそれがいいと思うもん」

「ところで、邦、告れたのか？」

「いやまだだ」

「ここでどうだ、俺も見届けたい」

邦夫は突然真顔になり、咲を見つめた。

「なによ、突然」

「咲、俺と付き合ってくれ！　ずっと咲が好きだ」

咲はやさしい眼差しで「ありがとう。嬉しい！　よろしくお願いします」と答えた。邦夫は「よかった！」と喜びを爆発させている。

「ありがとう咲、邦、幸せになれよ」知之は、二人を心から祝福している。

「今度は俺が史に病気のことと、溢れる気持ちを伝える番だな、でもそれは永遠の別れを意味するんだよな」知之は、その日を二週間後と定めた。

聡一郎と史がレストランにいる。聡一郎が選ぶレストランは、いつも素敵で料理もワインも抜群だ。いつからか、「聡一郎さん」「史さん」と呼び合うようになっていた。

「史さん、今日も素敵だね」

「聡一郎さんも」

「史さん、松山のご両親に会いたいんだけどどうだろう」

「え？　両親に？」

「うん、でもその前に史さんの気持ちを聞かないとだめだよね」

「私の気持ち？」

「ぼくは、史さんに一目ぼれだったんだ。史さんのさわやかで、キリリとした振る舞い、相手を尊重する言動、素敵だと思う。ずっと好きなんだ」

史は驚いた。聡一郎の気持ちはそれなりに気付いていたつもりであったが、そこまでとは思ってもみなかった。

「ありがとう、聡一郎さん。聡一郎さんは素敵だし、物静かなところも好きよ、医師として尊敬もしてる」

「ありがとう、史さん。これで気持ちが楽になったよ。時々僕以外の誰かの存在を感じて不安だった」

〈このまま聡一郎との話を進めてよいのだろうか〉史は不安になった。聡一郎への気持ちが一途であるのかどうか、確信が持てないからだ。史は両親に会う時期をもう少し先にするように依頼した。

聡一郎が、病棟医長に呼ばれている。

「進藤君、仕事頑張ってるね。患者さんや看護スタッフからの評判が上々でね。私も嬉しいよ」

「ありがとうございます。嬉しいです」

「ところで、結婚する気はないかい？　教授の娘さんが外来で君を見かけたらしくて、是非会いたいと言ってるんだ」

「あの、誰か別の人ではないですか？　僕なんてとんでもない」

「教授も乗り気でね、是非受けてくれないか」

聡一郎は、焦っていた。「好きな人がいる」と言えば、この話を収めることができるのだろうか。その相手は誰かと詮索されて、もし史に迷惑がかかることになったら。聡一郎は、「少し考えさせてください」と答えてその場を離れた。

聡一郎は、史との結婚を真剣に考えている。教授のお嬢さんの話をすれば、史は即座に離れていくだろう。それは余りにも悲しすぎる、辛すぎる。聡一郎は、大学病院を辞して、福島に戻ることも視野に入れて考えあぐねている。

聡一郎は、休日を利用して福島にいた。父と母にとって一人息子の聡一郎は、目に入れても痛くない存在である。「お父さん、お母さん、僕がここに帰りたいと言ったら、どう?」「大歓迎だ！　帰ってくるならクリニックを造るぞ」父は上機嫌で答えた。母は「私も嬉しい！　一日も早くね」。

聡一郎は、意思を固めた。〈とにかく、正式に史にプロポーズして、受けてもらわなければ〉

「お父さん、お母さん、結婚したい人がいるんだけど」

「なに、そうなのか、どんな子だ」

「同じ職場で働いている薬剤師なんだ」

「そうか、一度会いたいもんだ」

父母の喜ぶ顔を見ながら、聡一郎には一抹の不安があった。史からふっと感じる自分以外の男性の存在である。その思いを打ち消すように、大阪に帰った聡一郎は、プロポーズするため、指輪を用意した。

史との約束の日、知之はもっとも気に入っているイタリアンレストランを予約していた。〈最後のディナーに相応しい時間にしたい〉ネクタイを締め濃紺のスーツを着用し、史が来るのを待った。

テーブル中央には可憐な花が飾られ、控えめに灯っているテーブルライトが素敵な空間を演出している。〈プロポーズの場だったらなあ〉そんな気持ちを慌てて打ち消す知之。史が席に着いた。紫がかった濃紺のスーツがよく似合っている。

「久しぶりだね、元気そうだな」

「うん、元気よ。知、なんか今日はめちゃ素敵じゃない?」

「そうかあ、照れるなあ」

「今日は素敵なレストランに連れてきてくれてありがとう」

「どういたしまして。メニューは勝手に決めてるよ、いいだろう？」

「もちろんよ」

「さて、ワインはどうするかな」

ワインリストを片手に、小首をかしげる知之。史は、おだやかで懐かしく安心できる心地よさを、以前よりさらに強く感じていた。そして〈なにこのときめき、初めて感じる知之への感情、このときめきはなに？〉今までと違った気持ちが高まっている。

最初に選んだワインは、サッカーW杯２０２２で優勝したアルゼンチンの白。ソムリエが勧めてくれた銘柄だ。ソムリエがグラスに注ぎ始めると、果実の香りが立った。二人は、「乾杯！」グラスを静かに合わせた。同時に一口含み、キレがあるのにコクのある味わいに、思わず「ブラボー!!」ソムリエがのけぞって微笑んだ。

シェフ自慢の料理は、絶妙のタイミングで運ばれてくる。

「うわあ、きれい」

「うん、きれいだねえ」

「美味しい！　この味大好き！」

「俺も好きだなあ」

ワインとのマリアージュも際立っている。料理とワイン、どちらも限られた二人の幸せな時間に花を添えているようだ。

フルコース最後のドルチェとコーヒーが運ばれた。いよいよその時が来たのだ。

「史、俺ずっと嘘ついてた、ごめん」知之は、史の顔を真っすぐに見て言った。

「うん？　なんのこと」

一呼吸おいて静かに語り出す知之。「俺、脊髄腫瘍なんだ。良性だけど腫瘍が大きくなる可能性が高い。ゆくゆくは車椅子の生活になる」言葉を失い目を伏せる史。

「大きくなるスピードは人それぞれだそうだ、どれだけ生きれるか、それもその人次第」

「知、打ち明けてくれてありがとう。私、私……」涙声で、その後は言葉にならない。

「俺、史を失いたくなかった、それで黙ってたんだ、ごめん」知之の目にも涙が溢れた。

「史、絶対幸せになれよ。約束だぞ」史は返事ができないでいる。やっと「知、それってどういう意味？」「故郷に帰ると決めたんだ。出直そうと思う」史は頷いた。「わかった、知、黙っていなくなったら恨んでいたと思う」

二人にとってドルチェは綺麗すぎた。二人には涙の味がした。

レストランを後にした二人は、ゆっくり歩いている。手と手が触れた。躊躇《ためら》いながら史の手を握りしめる知之。史はぎゅっと握り返した。手をつなぎ無言のまま約200メートル進むと、通り慣れた交差点に着いた。知之は右に史は左に、二人はくしゃくしゃになった顔で「サヨナラ」を告げた。

史は自宅に帰るなり、力なくソファに座った。〈信じられない、嘘であって欲しい、なんで知が〉知之と握り合った右手のぬくもりがまだ残っているように感じる史は、いとおしそうに左手を添えた。もうこのまま会えなくなる？　それでいいの？　知之の前だと、ありのままの自分でいられる、幸せってなに？　矢継ぎ早に自問する史に納得できる答えなどあるはずがない。知之は私の幸せを願って去っていくのか、幸せってなに？　知之の幸せは？　そう考え始めた時、知之にも幸せになってもらいたい、その願いにも似た感情が湧き上がってきた。今頃、知之はなにを考えなにをしているんだろう、別れたばかりなのに、もう会いたくなっている。こんな気持ちは初めてだ。知之が車椅子の生活になる。きちんと支えられるだろうか。いや支えたい。一緒に歩みたい、何があっても共に歩んでいける。史は、やっと、知之への自分の気持ちを整理することができた。

史は、コーヒーを入れた。香りと味を楽しんでいると、聡一郎のことが思われた。

やっと見つけた自分の本当の気持ちを、何と言えばよいのだろうか。彼は素敵な男性だし、本当にいい人、私を高めてくれる人。私も彼が大好きだ。真剣に結婚を考えてくれている。その人にどう言えば伝わるのだろうか。史は、聡一郎を悲しませるに違いないと思うと、胸が一杯になった。

同じ頃、知之は会社への退職届けを書いていた。書きながら、最後にプロジェクトリーダーとして達成感を味わえたことは幸せだったと、イベント当日の光景を思い出していた。あの日は晴天でよかったなあ。雨だと客足が鈍くてがっかりだったかもしれないが、沢山の人が駆けつけてくれた。若い人も結構な数集まってくれた。成功の秘訣は五銘柄の日本酒と出店だったな。メンバーがよく頑張ってくれたなあ。

邦夫と咲が史を誘って来てくれたのもいい記念になった。三人の姿を見ると、疲れた体に力がみなぎるようだった。邦夫と咲には、これから先、少しでも恩返ししていきたいなあ。退職届を書き終えた知之は、スマートフォンを手にした。史は今頃、どうしているだろう。メールをしたい、声が聞きたい。諦めたはずなのに、心が史で満たされている。

でも、でも、もう思い切ろう。未来に、ほんの小さな灯りしか見えないこんな自分に、史を幸せにできるはずがない。知之は、いつかの夜に史と腕を組んでいた男性を思い浮かべた。彼なら、間違いなく史を幸せにしてくれるに違いない。史が幸せになるのなら、なんだってできる。知之は悲しくて寂しい気持ちではあるが、それでいい！　と思い込もうとしていた。知之は、スマートフォンを静かに置いた。

今日は、知之の送別会である。ホテルのレストランに経理の面々が集まってきた。総勢二十名。プロジェクトのメンバーも特別参加している。残念がる仲間の一人ひとりに丁寧に挨拶して回る知之は、やっと本当の意味で気持ちに区切りをつけることができるようであった。

その日の同じ頃同じホテルのロビーで、聡一郎は緊張しながら史を待っていた。ポケットに用意した指輪を忍ばせている。食事が始まる前に、申し込む！聡一郎はそのように決めていた。史も緊張しながら、ホテルに向かっていた。今日こそ聡一郎に自分の気持ちを打ち明けようと決心していたからである。

史がロビーに着くと聡一郎が笑顔で迎えてくれた。エレベーターで十九階まで上がり右に曲がると突き当りに聡一郎が予約したフレンチレストラン。その手前には和食のレストランがある。その店の入り口に、なんと、知之の会社名で経理御一同様御席とあるではないか。史は驚いた。〈今日が最後なんだ〉胸がざわざわして苦しくなった。

レストランに着いた。ウエイターに導かれて、史が腰をかけた。聡一郎もゆっくり腰をかけた。聡一郎の素振りがいつもと違う、表情も硬いと感じる史。そういう自分を、聡一郎もいつもとは違うと感じているのではないか。そう思っていると、「史さん」聡一郎に話しかけられた。

「はい、聡一郎さん……」史は小さく頷き目を伏せた。

「史さん」顔をあげた史の前に差し出された指輪。

「史さん、僕と結婚してください！」

「……私……」

返事をしようとするが言葉が見つからないでいる史。無言の時間はどれほどたっただろうか。そして絞り出した言葉。

「ありがとう、聡一郎さん。でも私、お受けすることができないの」

「どうしてなんだ、僕はどうしても君と結婚したい」

「ごめんなさい、どうしても」

聡一郎は、ずっと感じてきた一抹の不安が現実のものとなったことに愕然とした。史が立ち上がり深々とお辞儀をした。そのまま立ち去る史。後を追いかけたいけれど、戻ってこないことがわかっている聡一郎は、指輪を見つめながら、諦めるしかないと感じていた。

史は、どうしても知之に会いたかった。ロビーの目立たない席を選んで腰をかけた。知之が出てくるのを待つ間、聡一郎に取った自分の言動を、思い返していた。自分を責める気持ちと、あのようにしかできなかったと慰める気持ちが交錯して、辛かった。一時間ばかりたっただろうか。車椅子の知之が仲間と現れた。別れを惜しみ去っていく仲間たち。知之は一人になった。そしてゆっくりホテルから出てゆく。後を追いかける史。「知、知、待って！」驚いて振り返る知之。知之はゆっくりと立ち上がった。「史、どうしたんだ」史へのいとおしさがこみ上げてくる。あの日、あの時、諦めたはずなのに、どうしても思い切れない。

「知、しっかり返事してね」史は知之の目を真っすぐに見て言った。

「第二ボタン、いただけますか！」

知之も真っすぐに史の目を見て心を込めて返事をした。

「喜んで！　史、俺……」その後は言葉にならない。

「知はいつから泣き虫になったの？」

「史だって！」

知之は、史の涙を指でやさしくぬぐった。

ホテルを出たところに、一人の男性が佇んでいる。聡一郎だ。「史さん、幸せになれよ。絶対だぞ！」そう呟きながら、二人の姿が見えなくなるまでずっと見送っていた。


史は、実家に帰るため大阪伊丹空港にいる。知之が力強く頷き笑顔で史をゲートに送り出した。知之は翌日実家に帰るつもりだ。

史が松山空港に着くと、弟の翔太が迎えに来ている。史はお盆と年末年始以外の時期に帰省することはない。弟の車に乗り込むと「姉ちゃん、好きな人でもできたんか？」

「え、なんで？」

「盆でも正月でもないのに帰ってくるからさ」

「さあどうかなあ、家に着いてからね」

実家に着くと母が出迎えてくれた。

「お父さんただいま」

「おうお帰り、予定通りだな、まずは茶でも飲んでくつろげよ」

暫くして、史は、ゆるぎない気持ちで父と母に切り出した。

「私、結婚したい人がいるの」

「そうかもしれないと思っていたよ」

「史、どんな人なの？」

「お父さんもお母さんも知ってる人なの」

「なんと、そうなのか。誰なんだ一体？」

「酒屋の知之さんなの」

「なんだって、そうか、あの知之君か！」

「あの知之さんなら、ねえお父さん」

父も母もまんざらでもなさそうな反応だ。〈問題はこれからなんだけどな〉史は口の乾くのを覚えた。しばし間を置き、しっかりした口調で話し始めた。

「その知之さんだけど、車椅子の生活になっているの」

父も母も驚いている。

「どうしたんだあんなに元気な子が。事故でも起こしたんか」

「事故じゃないのよ。病気なの、脊髄に腫瘍があるの。治療は望めないし大きくなる可能性が高いのよ」

「そうなのか、病気なのか」

父はそのように言った後無言になった。母もなにも言わずうつむいている。

〈許してもらえないかもしれない、でも……〉史は、誠心誠意お願いしようと思っている。重い空気のまま時間が過ぎていく。

その時間を止めるように「お父さん、史は私たちの誇りよ」母が呟いた。

「私たちは、子供たちに、人であれ、動物であれ、ものであれ、差別しないように育ててきたでしょ！　全て尊いのだと」

その言葉に、父が答えた。

「そうなんだよな、史はそんな娘に育ってくれたということか。しかし、しかしなあ」

「史、知之さんに会ってみたい。お父さんもいいでしょう？」

「そうだな、会ってみたい」

「ありがとう！　お父さん、お母さん」史は半泣きの笑顔で言った。

翌日、知之は池田家にいた。史の両親に認めてもらえるまで、お願いしようと緊張する知之。傍にいる史もドキドキしている。

「お父さん、お母さん、史さんと結婚させてください。史さんと一緒に生きていきたい、二人で幸せになりたい。こんな身体ですが、ここ故郷で役に立つ人間になれるように、精一杯努力します」知之は車椅子からゆっくりと立ち上がり、深々とお辞儀をした。

「知之君、勇気がいっただろう？　よく言ってくれたな。二人の決意が固いのがよくわかった」「お父さん、私感激しています」母は涙声で言った。

父と母は、許してくれた。

知之は両親に、池田家のご両親から結婚の承諾が得られたことを報告した。

「勿体ないことだ、池田先生はやはり許してくださった。日頃俺らに命やものの大切さを言っておられるんだが、その通りの人なんだなあ」

父は、母と顔を見合わせて頷いた。


知之と史は、飛行機に搭乗している。晴天の空に離陸した飛行機は、左に旋回しながら大阪に進路をとった。史が飛行機の窓から外を見ている。

「ねえ、知、海や島や空の景色って、何度も見てるけど、今日一番綺麗に見えるの」

知之は身を乗り出した。

「いい景色だね、俺も今日が最高だ！」

二人は、暫く機外の景色を楽しんだ。機内サービスのコーヒーが運ばれた。ゆっくり味わいながら、「史、仕事をどうするかだが、辞められる時期を病院側と相談してくれる？」

「突然とか、無理にとかは絶対にしたくない。迷惑をかけないようにしたいと思うの」

「当然だよ、うまく折り合いがつくといいね」

「知は、来年三月で円満に退職できるのよね」

「俺の方はそれで大丈夫だ」

「私の方が遅れて故郷に帰ることになる？」

「そうだね。先に帰って段取りを整えておこうと思う。それでいいかな？」

「お願いいね。その方が安心だし」

暫くして飛行機は最終の着陸態勢に入り、伊丹空港にスムーズに着陸した。到着出口では、邦夫と咲が出迎えている。史が二人を見つけて、手を振った。知之もそれに倣った。

「お帰り、知、史」結婚を許してもらえたというメールを受け取っていた邦夫は、飛び上がるほど嬉しかった。

「よかったなあ、知。史さんもよかったな。俺嬉しくて」

隣で咲がにこにこしながら「史、知之君おめでとう」

「ありがとう」知之と史は、心から嬉しかった。

「みんなで食事に行かないか」邦夫の提案にみんな賛同した。

行きつけのレストランに着いた。メニューと飲み物を注文した後、邦夫が真面目な顔をして言った。

「二人に報告があるんだ」

「うん？　なんだよ改まって」

「実はな、俺たち結婚することにしたんだ」

「おお、なんと素敵なんだ、なあ史」

「邦君、咲おめでとう。私も嬉しい！」

四人は最高に嬉しい時間を過ごしていく。


史は、薬剤部長室にいる。ことの次第を報告するためである。

「そうかあ、結婚か。おめでたいけど残念すぎるね。大阪にいるんだったら問題ないのにね」

「故郷愛媛での生活になるので、私も大変残念です」

「患者さんや医療チームのみなさんからの評判がとてもよくてね」

「私、患者さんと会えなくなるのがとても寂しいです。医師やナースのみなさんとも」

「退職はすぐにでなくてもいいんだよね」

「後任の方との兼ね合いでよろしくお願いします」

史は、後ろ髪をひかれる思いで部長室を退室した。三階の部長室から二階にある外来に移動する時、いつもなら階段を利用するのだが、考え事をしていたせいか、エスカレーターに乗った。真ん中あたりまで降りた時、上がってくる男性に目が釘付けになった。聡一郎ではないか。プロポーズを断ってから、一度も顔を合わせていなかったのだ。

聡一郎も史の存在に気付いた。

「元気だった？」

「はい。先生は？」

「うん」

二人はありきたりの挨拶しかできないまま、三階と二階に別れた。史は外来に着いても、ザワザワする心がなかなか治まらないでいる。

〈プロポーズをしてもらったのに、あんな別れ方しかできなかった。聡一郎さんはあの後どんなに傷ついただろう。でも今はなにも聞けない、言えない〉

史は仕事に没頭しようと努めていた。

聡一郎は、病棟医長に呼ばれていた。〈史さんとエスカレーターで会うとは。驚いたなあ。いつもだと階段を利用するんだが……〉教授のお嬢さんとのことを決心したつもりでいたのに、史と顔を合わせたことで、気持ちがぐらぐらしてきた。

〈こんな気持ちで話を進めるとしたら、とんでもなく相手に失礼だよな〉

この時、今もなお、いささかも色あせることのない史への思いにはっきりと気付いた聡一郎は、すっきりした気持ちで病棟医長を訪ねることができた。

「進藤先生、考えてくれたかね」

「はい、考えました。大変光栄なお話ですが、将来私は故郷の福島に帰るつもりです。お嬢様はそれでよろしいのかどうか」

「うん？　福島に？　もしかして一人っ子だったの？」

「そうなんです。両親は、地元でクリニックを開く気持ちでいます」

「そうかあ。教授に伝えよう。お嬢さんも一人っ子だしね」

聡一郎は、この話はこれで終わったと確信した。


知之は愛媛にいる。史との生活を始めるために、粛々と準備を始めていた。仕事は、両親が営む酒店で主に営業を担当する。住むところは、実家の近くに家を建てることにした。車椅子の生活がスムーズに行えるようにバリアフリーにしなければならない。営業ができるように、障害者用の車の購入や免許証の取得も必要だ。やらなければならないことがあればあるほど、充実した気持ちになっていた。史との新しい生活を思い描くと、希望が溢れてくる。知之は、忙しい日々を楽しんでいるようだ。

ある日、酒屋に修が訪ねてきた。

「知之、例のメンバーが集まりたいゆうとるぞ」

「おう、プロジェクトのメンバーか？」

「そうだ、明日の午後7時でどうだ」

「了解だ、修の家だな」

知之のもう一つの希望は、故郷の再生だ。プロジェクトのメンバーと、持続可能なプランを立案したい。ワクワクしてきた。

その日の夜、夕食時に、両親と妹にその話をしてみた。

「この町みんなが望んでいることに取り組むのか」

「そうなんだよ父さん」

「お兄ちゃん、並大抵じゃないよ。失敗ばかりなんだから」

「そうねえ、簡単ではないわね」

知之のテンションは上がっているが、家族のトーンは低い。だんだん不安になってきた。

「まあ、やってみることだな。楽しみにしているぞ」

父の言葉に後押しされた知之は、明日の集会に参加する意義を見出そうと模索している。

プロジェクトのメンバーが揃った。

修が進行役でそれぞれが考えてきたプランを出し合ってみたが、目新しいものはなかった。

「知之、どうだ？」

「どんなことが求められているかアンケートしてみてはどうか」

「町民対象となると簡単なことではないな」

その日は結論が出ず、継続して検討することで解散した。

知之は、障害者教習を受けるため、教習所に通っている。条件に合った車を購入するつもりだ。史との新たな生活への準備は、予定通り進行しているが、ここのところ、体調がさえない。時折背中にいやな痛みが走る。〈くそ〜〜思いのほか腫瘍が大きくなっているのか〉知之は、まさかの事態に備えて、史宛のラストメッセージを残しておこうと考えるようになっていた。今日はその日だ。真っ白い便箋とお気に入りのペン。知之は、よどみなく書き上げた。〈なんの曇りもない自分の気持ちを書き残しておくことができてよかったなあ〉封筒には、「池田史様」と書き、机の引き出しの最も見つけやすい場所に置いた。暫く椅子に腰かけながら、ほっとした時間を過ごした。

障害者教習が終わりに近づいたある日、自宅の建築予定地を見てみることにした。土地は購入したが、設計はまだしていない。史と十分打ち合せをする必要があると思っている。ゆっくりと車椅子から立ち上がろうとした瞬間、背中に激痛が走った。スローモーションみたいだと思いながら、その場に倒れ込んだ。助けを呼ぼうとするが声が出ない。次第に意識が失われていく。そこへ、一台の車が通りかかり、知之を発見した。すぐに救急車が到着し、救急病院に搬送された。

知之は、一命はとりとめたものの、予断を許さない容体である。人工呼吸器が装着され、モニター類や点滴のチューブもつけられている。鎮静剤が使われているためなのか、意識はない。

報せを受けた知之の両親が慌てて駆けつけてきた。「こんなに早く恐れていたことが起きようとは」父はうめくように言った。母はおろおろしながら、涙ぐんでいる。

そこへ、妹が駆けつけてきた。

「お父さん、史さんに連絡しなければ」

「おう、そうだな、梨沙頼めるか」

「わかった。電話するね」

梨沙からの報せを受けた時、史は仕事が終了して着替えをするためにロッカールームにいた。史は、突然のことで頭が真っ白になった。何をどうすればよいのか、考えが浮かばない。史の様子が尋常でないことを悟った同僚が、声をかけてくれた。

「池田さん」

「……」返事がない。

「池田さん、大丈夫？　顔色が悪い」

史はやっと言葉を発した。

「大丈夫です。ご迷惑をかけることとなります。すみません」

そう告げると、部長室に向かった。

薬剤部の人員は潤沢ではなく、史が休暇をとることで、他のスタッフに負担がかかることは十分承知しているが、今回はどうしても知之のもとに駆けつけたかった。

三日間の休暇届けを提出し、伊丹空港に急いだ。空席待ちで最終便のチケットが手に入り幸運であった。松山空港に到着すると、梨沙が迎えに来ていた。梨沙は涙目をしている。史は救急病院に直行する道すがら、梨沙から病状を聞き、完全に平静さを失っていた。驚きの余り涙も出ない。病院に到着すると、知之の父親が玄関で出迎えてくれた。

「史さん、とんでもないことになってしまって」

父親の言葉に、急に涙が溢れた。

「お父さん、私どうすれば……」

「史さんこんなことになってすまない！　知之に会ってやって」

集中治療室の個室に知之がいる。

ガラス越しに知之の姿を見た史は、ショックの余り、その場にしゃがみ込んで立ち上がれない。父親と梨沙に支えられなんとか立ち上がり、知之の傍らにたどり着いた。

「知、知、なんでーー！」手を握りながら、名前を呼ぶのが精一杯の史。

もう一度しっかり手を握り「知、知、知ーー！」

〈奇跡が起きて欲しい〉「神様、お願いです。知之さんの目をさましてください」史は神に祈り続けた。すると奇跡だ!! 知之の目が少し開いた。

「史ありがとう、泣いちゃだめだよ」そう言ってくれているように感じる史。もう一度知之の手を握りしめた。

史の父母と翔太も駆けつけた。

「史、大丈夫か」

父の顔を見ると、さらに涙が溢れた。

史は一旦実家に帰り、また病院に戻り知之の近くにいることにした。ガラス越しであっても、傍にいられることで、史は落ち着くことができた。

休暇三日目の最終便で帰阪した史は、翌日から通常勤務についた。患者への対応も、他の医療スタッフへの言動も、以前と変わらないように努めてはいるが、人目のないところでは、涙ぐんでしまう史。薬剤部長以外は、史が置かれている悲しい状況を知るものはいない。それが史にはありがたかった。

帰阪して五日後の早朝、スマートフォンの着信音がなった。知之危篤の報せは、覚悟はしていたものの、ぶるぶると身体が震えた。

一便の飛行機で松山に到着した史は、翔太の車で病院に直行した。

知之のベッドの周囲に、知之の両親と梨沙、史の両親がいる。史は翔太に促されて、知之の手を握りしめた。

「史さんを待ってたんだろうな、よく頑張ったな」

「史、間に合ってよかったな！」

両家の父親がしんみりとした口調で言った。

知之は二時間後、みんなに見守られながら静かに息を引き取った。通夜・告別式、初七日の法要がしめやかに行われ、邦夫と咲も参列している。二人は気丈に振舞う史の姿をみると、胸が熱くなり涙がこぼれた。

史は邦夫と咲と一緒に帰阪した。二人といることで、なんとか自分を保てていると感じながら。

史は仕事に集中しようとしている。「仕事が君を助けてくれるよ」いつか知之が言った言葉に励まされているからだ。

「今日も精一杯頑張った、患者さんの笑顔が心に刺さった」そう思いながら帰宅した史は、メールボックスに茶色の封書を見つけた。なんだろうと裏面を見ると、知之の父親からである。部屋に入り、急いで封をきった。〈遺品整理をしていたら、史さん宛の封書が見つかったので送ります〉という衝撃の文面。知之の筆跡の封書を取り出し震える手で封をきった。

「史、これを君が読む時には、俺はもうこの世にいない。

史、第二ボタンをあげられなくなった。許してくれ。

史、俺を選んでくれてありがとう。俺は世界一幸せだった。

史、俺の望みはただ一つ。絶対幸せになってくれ。約束だぞ！」

どうしようもない恋しさ苦しさ寂しさがこみ上げてきた。ラストメッセージを抱きしめながら声を出して泣いた。史がこれ程泣くのは初めてのことだ。泣いて泣いて思い切り涙を流したことで、少し気持ちが楽になったようだ。

史は、知之の言葉を思い返しながら、仕事に邁進するようになっている。患者への対応は、さらに丁寧でやさしさが溢れている。

今日は、患者への薬の投与方法を巡り、多職種によるカンファレンスが行われており、史も同席している。久しぶりに聡一郎の患者が対象だ。聡一郎の患者のQOLを重視する治療方針が他職種にも支持された。この結果を踏まえて、患者にきちんと説明しなければならない。その際に、薬の効果、副作用を専門的に説明してもらうことが欠かせない。

聡一郎は、史にその役割を依頼した。

「池田さん、患者さんのご家族が集まれる今日午後6時から説明しようと思うけど、大丈夫？」

「はい、大丈夫です」

「それでは、もう一度説明内容を整理しよう」

「はい、よろしくお願いします」

午後6時からの説明によって、患者も家族も治療の変更に同意した。現在の治療では、薬の副作用によって、余りにも日常生活が阻害されているからである。

聡一郎も史も、注意深く経過を観察するように申し合わせた。

この機会は、聡一郎と史の距離を少しずつではあるが、縮めていくきっかけになったことは間違いない。

知之が他界して一年が過ぎた。

史は、知之の面影を求めてよく待ち合わせをしたカフェにいる。〈久し振りだ、店内の全てのものが懐かしくていとおしい〉やっとこの場所を訪れることができるようになったのだ。

〈ここはいろんな思い出がある大切なところ〉美味しいコーヒーをゆっくり味わいながら、恋しくて、寂しくて、でも何故かおだやかな時間が過ぎていく。

「池田さん」ふいに名前を呼ばれて、驚きながら顔を上げた。聡一郎だ。

「ここに腰かけてもいい？」

「どうぞ、どうぞ」

「池田さん、ご不幸があったんだね」

「はい、そうなんです」

「婚約していた人とか？」

「はい」

言葉少なく静かな時間が流れる。

「池田さん、またここで偶然会えるかもしれないね」

「そうですね」

二人は約束しないで別れた。

二週間後、二人はカフェで再び偶然出会い一緒の時間を過ごしている。

「史さん、寂しいだろうね」

「まだ気持ちの整理ができなくて。仕事に集中している時はいいんですけど……」

〈大切な人を亡くした悲しみをどうしたら和らげられるだろうか。少しでも気持ちを楽にしてあげたい〉聡一郎はずっと考えてきたのだ。

「聞いてもいい？」

「え？　なにを？」

「大切な人のこと」

史は小さく頷いた。

「知之という名前。幼馴染なの。大昔のことなんだけど、第二ボタンがきっかけで、彼の気持ちを初めて知ったの」

「第二ボタン！　懐かしいなあ。知之さんは結構ロマンチスト!?」

「ぶっきら棒なところがあるけど、やさしくて一緒にいて安心できる人」

「そうなんだね」

〈史さんに大切な人との思い出を語ってもらうことで、少しでも穏やかな時を感じてもらえるかもしれない〉聡一郎は史の話を静かに聞いている。

〈聡一郎さんに聞いてもらえることで、悲しみ、苦しさが薄れていくようでありがたい〉

史は時折目頭が熱くなるのを覚えながら、知之と紡いだ思い出を心を込めて語ることができた。窓の外に目をやると、いつしか日が西に傾き、明日の晴天を約束するかのような空が広がっている。

「それでは池田さん、身体に気をつけて」

「進藤先生も」

二人は今回もなにも約束をしないで別れた。

その後もカフェで会う度に、聡一郎は史の話をしっかり聞いた。悲しみと寂しさで閉ざされている史の心の扉が、少しずつ開いていくことを願いながら。

史は聡一郎が気持ちに寄り添ってくれることで、どうしようもなく辛くなる時を、少しずつではあるが、穏やかな時に変えていけそうな気持ちになれていた。

〈聡一郎さんありがとう〉史は心の中で手を合わせた。

約束しないで出会うこと五回目、いや六回目か。

二人にとっての出会いは、偶然ではなく必然性に導かれてのことであった。

聡一郎は、無理かもしれないと思いつつ、聞いた。「池田さん、今度一緒に食事に行きませんか？　いやそんな気持ちになれないよね」

「……」

「無理を言ってごめん」

「いえ、お気持ち嬉しいです。でも……」史は目を伏せて言った。

〈このまま聡一郎に会えなくなったら、私ははたして立ち直れるだろうか。いつまでも心を閉ざしていることを知之は望むだろうか。いいや、このまま哀しみの淵に沈んでいてもいい。知之のいない世界に未練なんてないんだから……知之、知之どうしたらいい？〉

出口の見えない史の心情。その時、知之の笑顔が浮かんだ。そしてラストメッセージも。史は顔を上げた。そして小さな声で「よろしくお願いします」

早急すぎたと後悔していた聡一郎は、史の気持ちを大切に受け止めた。

「本当にいいの？　そうかありがとう！」

二人は、会う日時と場所を約束した。

懐かしいレストランに聡一郎と史がいる。

「史さんと呼んでもいい？」

「聡一郎さんと呼んでもいいですか？」

聡一郎は、久しぶりに微笑む史を見た。食欲のない史であるが、前菜の美しさと芳醇な赤ワインに心が動いたようである。

「食事とワインを美味しいと感じたのは、久しぶりです」

「それはよかった！　無理はしなくていいけど、でも、できるだけ食べて」

「ありがとう、聡一郎さん」

史は食事を楽しむことやワインを嗜むという日常が、忘却の彼方になっていることにこの時気付いた。知之を亡くした史は、大波小波となって襲ってくる悲しみに打ちひしがれ、普通という二文字を忘れ去っていたのだ。聡一郎の計らいは、悲しみで閉ざされた史の心に、一筋の光を届けた。

二人はレストランを後にした。晩秋の風が心地よい。

「史さん、少し歩いてもいい？」

「はい」

「史さん？」

聡一郎が立ち止まった。

「史さん、僕はいつも史さんの傍にいるよ、ずっといるからね」

「聡一郎さん……」

二人は視線を交わした。聡一郎がやさしく微笑んだ。

〈立ち直りたい、立ち直らなければ。知之のただ一つの望みを粗末にすることなんてできない。そしてそして聡一郎の一途な愛に、いつか応えられる日を迎えたい〉史の心に祈りにも似た感情が芽生え始めた。

史と聡一郎、二人で歩む新しい旅立ちの時は、遠からず来る。きっと、きっと、きっと……。

福岡富子

看護職者として45年間勤務。この間に、大学病院で7年間、民間病院で6年間看護部長として勤務。リタイア後は、看護管理者の能力向上や医療職の倫理的感性の涵養という課題に取り組んでいる。著書『生きるを支えあう　一人の人として、看護職者として』（2020年11月　文芸社）。『MICHI　幸せのみちる時』（2022年11月　幻冬舎メディアコンサルティング）。絵本『ふうちゃんとくむちゃん』なかやま ゆりか/え　（2023年2月　文芸社）

第二《だいに》ボタンいただけますか

2023年11月14日　第1刷発行

著　者　　福岡富子
発行人　　久保田貴幸

発行元　　株式会社 幻冬舎メディアコンサルティング
〒151-0051　東京都渋谷区千駄ヶ谷4-9-7
電話　03-5411-6440（編集）

発売元　　株式会社 幻冬舎
〒151-0051　東京都渋谷区千駄ヶ谷4-9-7
電話　03-5411-6222（営業）

印刷・製本　中央精版印刷株式会社
装　丁　　生地みのり

検印廃止

ISBN 978-4-344-94500-5 C0093
幻冬舎メディアコンサルティングＨＰ
https://www.gentosha-mc.com/